KB140377

나무의 칼

나무의 칼

시산맥 기획시선 079

초판 1쇄 발행 ｜ 2022년 1월 15일

지 은 이 ｜ 서정미
펴 낸 이 ｜ 문정영
펴 낸 곳 ｜ 시산맥사
편집주간 ｜ 김필영
편집위원 ｜ 오현정 강수
등록번호 ｜ 제300-2013-12호
등록일자 ｜ 2009년 4월 15일
주   소 ｜ 03131 서울특별시 종로구 율곡로 6길 36.
            월드오피스텔 1102호
전   화 ｜ 02-764-8722, 010-8894-8722
전자우편 ｜ poemmtss@hanmail.net
시산맥카페 ｜ http://cafe.daum.net/poemmtss

ISBN 979-11-6243-268-6 03810

값 10,000원

* 이 책은 전부 또는 일부 내용을 재사용하려면 반드시 저작권자와 시산맥
  사의 동의를 받아야 합니다.

* 이 책은 교보문고와 연계하여 전자북으로 발간되었습니다.

나무의 칼

서정미 시집

* 본문 페이지에서 한 연이 첫 번째 행에서 시작될 때에는 〈 표기를 합니다.

* 저자의 의도에 따라 작품의 보조 동사와 합성 명사는 띄어쓰기가 달라질
  수 있습니다.

가을 들녘에서부터 만난
들꽃들과 내가
엘리베이터 안에서 느리게 달리기를 한다.
푸른하늘 조각
산산이 부셔져 내리는
십오층 계단식 난간으로 나를 이끈다.
그곳에서 자연발생적으로 생성되는
난기류,
그 현란한 기류속에서 자연적으로 생장되는
기의와 기표
세상의 조그마한 발 붙이지 못 할 곳에서도
유유자적한,

그
지고지순한 관계가 가장
황홀한 관계가 아닐까?

2022년 1월

서정미

■ 차 례

2부

3부

4부

1부

촛불

전쟁이 무서운 것 아니다
부엉이 마냥 두 눈만 휑한 아프리카 어린이들
그 눈을 바라만 보는 신도 아니다
그 광기 어린 사선을 넘어서,
광란의 사색으로 뭉크러진 신의 눈동자를 넘어서,
함초롬한 눈동자들만 쓰러트리는 바람이다

흠도 티도 없는
한 줌 허무를 안고

강으로
먼 바닷속으로
달려간다

누가 조준하느냐

순백의 꽃을

보리밭

연둣빛 대궁이
차오르고
솔바람이 불면
대륙의 벌판을
그린다

몽골의 초원에
펼쳐진
명사십리 둑길을
소달구지 타고
달린다

오대양 육대륙에서
달려온
사람들을 푸른 보리밭처럼
세워놓고 풍경 사진을
찍는다

점심 새참 널브러지게 담긴

대광주리와 찰보리 홀태기 실은

삼륜 구동 자동차가

아우토반을 질주하여

신대륙으로 향한다

보리밭 분재기

보리 새싹은 악보에 적힌 행진곡을 그대로 짓기를
거듭하지

바람에 흔들리는 순간에도 제 걸음을
멈추지 않으려 해
그리 걷지 못하는 삽살개가 제 밥을 먹는데

온종일 보리밭 매시는 어머니, 새순 돋아난 보리 잎
의 초록 몸 입고 제일 젊게 사람들 사이로 걸어가는,
튼튼한 지층에서 어머니 꿈터 위로 흥겹게 보리밭이
흔들리는데

굽은 등허리 닮은 밭두덕을 헐떡이지 않고
돌보시는데

산 아래 들녘 오르막길 맨 끝까지 오르는 것은 어머
니 가슴팍에 이름표처럼 매달린 청보리 이삭이네 점점
더 작아지며 오그라들어도 어머니의 보리밭 길은 달나
라에서도 잘 보이네

〈

아이들과 함께 5월의 고창 청보리밭 길을 놀러 갔지
지금 그 밭을 나비와 함께 거니는 사람들은 보릿고개
때, 위풍당당 라데스키 행진곡을 많이 지어본 사람들
이지

아지랑이

한 줌 남실바람에
목숨 줄 나긋이 휘감은
아지랑이가 하늘거린다

된바람 속에서도
가지런히 나부끼는
어머니 옷고름 아래서
가녀린 숨 고른다

한 솔기 하늬바람
들여놓고
봄비 들이는
삼베적삼 품으로
숨어든다

들쑥버무리 내음 나른나른 졸며
번져나가는
우아한 여심 속에서
하늘거린다

잠자는 숲속의 공주

뽀오얀 살갗에 닿기 전 햇빛이
방금 드러낸 속살을 스친다
푸른 하늘 한가운데에서 쪼개지는 비췻빛 빗살무늬
질그릇에 잠겨 있는 손가락이 아프다
푸른 숲 찔레나무꽃 울타리의 공허한 생 이야기
한 무더기가 살아 있는 공터에 찔끔찔끔 옮겨놓는다
연보랏빛 이브닝드레스를 잡아채는 검은 그물망이
점점 어두워지는 밤 바람결에 벗겨진다
숲이 다 끝나가는 공터 옆 로마베이커리 앞에서 죽
어가는
붉은점모시나비, 최후의 발자국이 살아 있는
그녀의 쉬폰드레스를 아이들이 주워온다
모시나비에게 한 줌 푸른 허공 내어줄 수 없이
작다고 투덜대는 아이들 방 한가운데에서
잠자는 숲속의 공주가 터벅터벅 걷고 있다
그녀의 푸른 녹슨 구리반지 넣어놓는 그물망을
현관 앞 우유 주머니와 함께 걸어놓는다

오래된 와인이 있는 마을

푸르른 날의 햇볕에 그을린
푸른 밤 한 조각과 와인 한 병이
숲속 마을로 떨어진다

홀홀 떠다니다가
포르르 내려앉으며 뾰로통 토라지는
민들레 홀씨와 꽃 이파리를
녹녹히 적신다

넝쿨장미꽃 파르르 휘감은
그녀에게 촉촉이 와 닿은 와인 한 잔이
청순한 그녀 몸속에서 와인 찌꺼기가
되어버렸다

들꽃이 떠받치는 포도 잎사귀들이
순결한 그녀 몸속에서 갈기갈기 찢긴
클리토리스와 함께 흩어져버렸다

고슬거리는 밥 알갱이 동동 떠다니는

와인 찌꺼기가 민들레 꽃잎 위에서
난도질당한다

깊고 푸른 밤 어머니의
순결한 음부가 민들레 속으로
자분자분 가라앉는다

욕조

당신 그림자가 겹겹이 똬리 튼 심혈관 속에서 젖는다

맑은 비의 발걸음 소리를
나의 발걸음 소리로
듣는다

축축한 얼굴로 걷는다

푸른 사색의 소용돌이가 한 줌 한 줌 걸을 때마다
똠방
똠방
떨
어
진
다

무지갯빛 당신의 욕망 덩어리가
타일에 촘촘히 박혀 벽 틈새로 빠져나간다
〈

고독을 더욱 고독한 눈으로
지켜보는 한 그루 야생나무 같은
샤워기를 우두커니 치켜세워놓는다

선녀와 나무꾼이 사는 집

참숯불 다리미로 다려놓은
들꽃무늬 커튼 자락이 사립문 옆에서
펄럭거린다

살구꽃 흐드러진 싸리 울담과 다락방
쿵쿵 내려앉는 아랫방으로 한 아름
아기 진달래를 안고
들어간다

오색종이 거미줄 쳐진 헌 달력과 괘종시계를
각양각색 모양으로 흐트러트리고서
먼지 쌓인 플라스틱 바구니 위에
걸어놓는다

계족산 자락 능선으로 으스러져 가는 자개 무늬
옷장 속에 푸른 산그늘 한 조각 푸릇푸릇
묻어나는 깔깔이 나리 옷을 주섬주섬
구겨 넣는다
〈

벽오동 나뭇잎 점점이 박히는 이불 호청
당단풍잎처럼 울긋불긋 뒤적이고서
아기 진달래 꽃 촘촘히 박힌 흰 무명 아기 옷을
입힌다

아기 진달래 옹알이로 반쯤 켜놓은 꼬마전구가
편마암 구들장 옹기종기 둥근 각 세워 휘둘러놓은
아랫목 깊은 산속 옹달샘 가에서
껌벅거린다

어머니의 경대

박가분 분칠한 청매화 꽃잎이 어머니 눈 속으로 사라진다

푸른 꽃숭어리 사알짝 내보이며 숭얼숭얼 말씀을 펼치신다

청매화 꽃망울 된 꽃잎이 어머니 눈물샘 속에서 화들짝 떨어진다

밤새 초록빛 바닷물 한소끔 씩 길어 넣은 사금파리 화병 속

반지르르 잠기는 동백기름과 얼레빗 꺼낸다

참빗질 소리 스르르르 잠든 헤어드라이어

순은 빛 자개 무늬 은은히 번지는 경대 위에 올려놓는다

훌쩍 큰 화장대 어루만지는 나에게 들꽃무늬 손거울 꼬옥 쥐여 주신다

불의 고향

물의 언덕에서 봉숭아꽃이 피어오른다
어머니는 시냇물 흐르는 언덕을 넘어서
삼십 촉 알전구를 사 들고 오신다
푸른 보리밭 비추는 백열전구 사 오시는 동안
붉은 필라멘트가 활활 끊어져 나간다

점점 깨어지는 백열등 빼곡히 매달고 있는
지축이 움직인다
그러는 동안에도 꿈쩍 안 하는 태양 빛
한소끔 쳐들며 아침 보리쌀 물 활활 타오르는
푸른 물동이 이신다

묵묵히 서 있는 지층이 움직여도
흐트러지지 않는 어머니 발자국 따라
이팝나무 가로수들이 집 안으로 들어온다
이팝나무 잎으로 가득 찬
작은 가마솥 큰 가마솥에서
찰진 보리밥이 익어간다

옥구슬 핸드백

은쟁반 위에 빛바랜 구슬 풀어 놓는다
세상에서 가장 앙증맞고 조그마한 옥구슬 폭포가
한 솔기 하늬바람 타고 흘러나온다
낭창낭창한 실버들 잎 속에 가두어놓은
옥구슬 핸드백 속살들이 푸르르 흘러내린다

어머니 인삼 보따리에서 뜯어진 무명천 조각이
옥구슬 핸드백 속에서 팔락팔락 선잠이 든다

괴산군 불정면 탑뜰 부락 이장님댁 천 원 외상값
삐뚤게 적힌 세상에서 제일 조그마한 수첩을
핸드백 맨 밑바닥에 가두어놓는다
푸른 구슬 촘촘히 박힌 핸드백 총총히 풀어 놓는
은쟁반 위 빳빳한 천 원 이천 원짜리 오물딱 조물딱
만지작거리며 어머니 쌈짓돈을 찾아낸다

밀레와 달리의 틈

카푸치노 헤이즐넛 커피잔 위에
솜다리 섬말나리 꽃잎 속 이슬방울이
떠다닌다

밀레의 추강 동진 낫가리를 파헤치는
꽃 바람결 위로
달리의 배롱나뭇결 식탁
모서리가 한아름 한아름씩 떠다닌다

밀레의 맨발톱에서 능수버들잎 휘감긴
나이키 신발 끈이 휘늘어진다
파리바게뜨 건빵에 삼각자가 꽂힌다
개나리 아파트 보도블록 금 간 틈새로 뽀송송
내밀은 껌딱지 위로 딱, 붙인다
꽃샘 눈 내리는 날에는
개나리 유치원 아이들 사이로 간다
갯버들 강아지 솜털 보송보송 흩날리러

아직 으스스한 봄바람 타고

붉은 사금파리를

반지 그릇 속 무쇠 가위

옆으로 내던진다

밀레의 텅 빈 어깨에 초록 이슬방울부터 올려놓고

앵두꽃 무늬 두루마기 옷 입히는 달리,

복사꽃 위 흰 무명 대님 꽃봉오리가

쪼르르 흩어진다

꽃

푸른 강물 빛으로
하늘거리는 꽃잎을
씻겨 내린다

새벽 창문가에서
나는 초록별이 되어 흘러간다
한 떨기 꽃잎 떨구는 꽃이 되어
지상의 별로
빈 창틀에 오른다

새벽 별이 잃어버린
아기의 숨소리가
홀홀한 꽃잎 날개 속에서
하느작하느작 들려온다

창틀 밖에서
반짝이지 않는 별무리가
자란다
〈

잠든 우리가 만나는
푸른 강을 위하여
초록 물방울을
떨어트린다

청솔빌라

꽃들 하얗게 웃고 있다

초등학교 일학년 예솔이가 새 텔레비전
아래로 떨어지는 민들레 홀씨를 줍는다

형광 불빛 솔솔 쏟아지는
청솔빌라 속 오솔길 가에서
첫돌 사진 찍을 때 입었던
연분홍색 망사 드레스를
딱 펼치고 앉는다

아이스크림 위로 소복소복 쌓인
첫눈을 민들레 꽃반지 낀 손가락으로
사락사락 긁어내린다

나의 눈과 입술로 지그시 깨문
오색종이 꽃들이 예솔이 꼬까신 위로 쌓인다
파란 도화지 꽃들이 들꽃무늬 커피잔 위로
쿨럭쿨럭 쏟아진다

〈
꽃들 하얗게 새고 있다

전신마취를 끝내고

몇 시간째 수술용 칼을 품고 있는
초원의 한 그루 나무가 희미하게 보인다
티티카카 호수를 빙벽으로 휘두른
북극 벌판에서 암세포들 스르르 빠져나가는
수술용 칼을 찾는다
빙산을 품고 있는 가장 큰 빙벽 속에서
소독을 끝낸 수술용 칼끝으로
잔디가 되살아난다
한 그루 나무와 내가 응급실 입구쯤에서
한 줌 푸른 잔디와 잭나이프 녹아내리는
빙산의 일각을 놓아버린다
마을 어귀 초가집들이 점점 늘어나는
적도의 산 위에 푸른 꽃 발자국을 떨어트리며
살고 싶다
슬픔이 커지지 않는 세렝게티 초원 위에
오랫동안 머물고 싶다

2부

담쟁이 넝쿨 속 풍속화

연 잎사귀로 동글동글 휘말린
맨 살결이 떨고 있다
낙하하는 잎파랑이들이 파르르 파르르
뒤집기를 반복하며 무너진 성벽 기어오른다
추락하는 성벽 돌 앞에서
푸른 이파리들이 뻗쳐오른다

성벽 에워싼 사람들 풀독 촉수 동글동글 휘감긴
담쟁이 이파리 위로 쓰러진다
평화의 촉수에 촉촉이 내리는 빗방울도
바로바로 튕겨 나가는 꽃대궁 끝으로
연둣빛 넝쿨이 푸르르 타오른다
먼 산속 고향집 하늘 위에서
조각구름 한 점씩 얻은 사람들
하늘거리는 넝쿨 한 솔기씩
끌어안고 떨어진다

햇반을 햅번으로 읽다

아프리카 어린이와
하얀 쌀밥 도시락을 못 싸가는
어린 나를 안고 사하라 사막을 건너는 햅번
여행 가방은 어머니 홑치마 품속이 된다
사막 한가운데로 흐르는 가장 작은
시냇물에 가득 찬 그녀 초승달 눈썹을
바라보며 금문교에서 멀찌감치 떨어진
징검다리를 건넌다
금문교와 형광 조명등 깨어지는 소리가 들린다
굶주린 아이들 축축 늘어지는 소리가
그녀 고향마을 브로크 벽돌 담 위
녹슨 스피커를 타고 들린다
세계의 호수보다
아름다운 그녀 고향의 아주 작은
호수를 지키기 위해
사하라 모래벌판이
금문교 곁에서 모래바람을 일으키며
멀찌감치 펼쳐져 있다
실비 내린 뒤에

푸르르

뛰어드는

아침 햇살은 햇반을 햅번으로 읽는다

는개비의 거울

는개비가 자신의 거울
벽면으로 다가서고 있다

다시 이루어질 수 없으나 얼굴을 울퉁불퉁하지 않게
이루어 놓고 사각 턱선으로 마무리 짓는다
자꾸 들이밀고 싶지 않은 네모난 얼굴을 거울 밖으로
약간 밀쳐놓는다

빠져나간 끝 조각이 바람을 타고
다시 굴러들어 옴으로써 거울은 계절이 된다

는개비가 달력 속으로 스며들던 날
우리는 한 거울 안에서 만났다

자꾸 흘러내리는 서로의 턱선이 완벽하게
멈추어 섰을 때 인사를 나누었는데
그럴 때마다 깨지려는 날카로운 심경 틈으로
보드라운 안개가 매달린다
〈

우리가 항상 곁에 두고 있는
보이지 않는 거울 앞에서 비는 온순한
눈빛을 자꾸 투영시킨다

뒤엎어놓은 거울 앞에서 강물처럼
더 순하게 걸러진 는개비

어린아이 눈동자를 닮아 더 예민한 신경줄이 필요한
우리는 잘라놓은 사각 턱선으로 연결되어 있다

김홍도가 그린 새 달력도 달력이다

오월 단오
꽃창포 비가 내린다
세종문화회관 무대 위
질그릇 물동이 이고 춤추는 무용수의 목단꽃
댕기 머리로 내린다
오뉴월 삼복더위 삼월삼짓 날에는 강남 갔던 제비
들이
보슬비 젖은
강남땅을 한 조각씩 물고 돌아온다

63빌딩 앞 빗살무늬 보도블록이 깨어진다
그 허접한 틈 비집고 일그러진 벼 이삭이 피어오른다
헝클어진 볏단을 가운데 놓고
강강술래가 펼쳐진다
무용단원들 열두 폭 치마폭,
5·16 광장을 휘돌아나간다
알루미늄 도시락에 검정 보리밥 싸간
아이들이 흰 무명 적삼을 주워든다
〈

모딜리아니의
파스텔화 목단꽃이,
청자빛 햇쌀 드러낸
올벼처럼
쓰러진다

5·16 잔디 광장 위로 발톱을 세운 초원이 푸르게
푸르게 너울진다

소말리아 어린이들 새록새록 잠재우는
오드리 햅번의 품에
김홍도
새 달력이 안긴다

꽃눈

꽃이
눈송이라면
그의 낙하를 위하여
그 누군가가
하늘로 끌어 올려야 한다

나의
늑골 속 날마다 흐드러진
넝쿨 장미
그 낱낱의 풀어헤침을
보기 위하여

영원히 아름다워야 할
꽃들의 밭,
그 아래에 바짝 붙어 있는
내 언어의 밭!

기다려도
꽃 같은 꽃이

흘러내리지 않음으로
그 누군가가
흉측한 쇠사슬 꽃이라
명명하는 것 아닐까

어머니,
내 몸을 매우 여리게
맡기는 꽃들의 말이
당신 품속에서
봄의 소리 왈츠처럼
흘러내리고 있어요

거대한 비닐하우스

어머니와 어머니가
한 비닐하우스에서 잡풀을 뜯고 있다
두 어머니가 질경이 사이 움트는 패랭이꽃으로
아버지의 아침상을 차린다

두 어머니의 끝머리에서 마지막으로 막말의 발상이
튕겨오른다
막 생겨나오는 말이 시간의 먼지가 틀어막고 있는
하늘 바닥으로 흩어진다

바닷물을 휘두른 겹겹의 비닐 막에서도
따가운 빛이 할퀸 말의 상처가 떠돌아다닌다

바람이 불면 일곱 아이의 어머니일 뿐이라고 말하는
한 줄기 풀잎을
치켜들어야 한다

바람 없는 날,
얼 먹고 귀먹은 풀잎을 자신의 뿌리에

전송될 때까지 되뇌인다

어머니는 자신의 육신처럼 땅바닥에 얼크렁 설크렁
얼그러져 있는 잡풀을 찾는다
잡풀은,
일곱 청개구리 안락하게 뛰어오르는 안락한 장소가
된다

개집 앞

뒤를 돌아보기 위해 앞으로 가야 한다
묵은 배추밭에 배추흰나비가 날아온다
이슬방울 하나 움켜쥔 한 생명체의
이동으로 풍경의 끝은 우아하다

BMW 우월한 바퀴 아래
새끼는 납작 엎드려 있다
빗물에 패혈증 균을 거의 털어내는
쇠파리 무리에 섞여 개밥그릇 위로 앉는다
어미는 보슬 빗물에 닦인 머큐롬의 흔적을 찾는다

우유 방울을 어미의 젖 무덤가로 또르르르
이동해주던 흰나비의 하늘빛 날개를 기억해낸다
나비의 발자국 멍울멍울 찍힌 새끼 발자국이
묵은 배추밭에서 하루를 더 묵고 있다

흙을 떠난 별 밭에서 흙이 보인다
가속도가 없는 첫 풍경 속을 걷는다

또 다른 바퀴에 개밥그릇이 내팽겨진다

낙타의 하늘

사막의 한복판에서 태양이 떠오른다
마그마에 결박당했던 구름이 지하 벌판에
펼쳐지는 산속에서 걷히고 있다
모래벌 위로 흩어지는 하늘과 땅의 경계를
부수는 이상기류가 광속의 메가페스 빛 보다
빠르게 퍼져나간다
방금 내밀은 풀들이 모래 속으로 파고든다
오래된 흙과 흙이 된 흙 한 줌을 뿌리며
푸른빛 쏟아지는 오아시스에서 기다린다
푸른색 터번을 조각구름처럼 흐트러지게 쓴
낙타 몰이꾼이, 땀이 밴 옥색 수건을 푸른 바람에
풀어 트리는 어머니의 모습으로 다가온다
새로워진 지상에서 빠져나오려는 작은 창공을
간신히 등뼈에 힘주며 따라나선다

잡초

푸른 하늘가에 내팽개친 초원의 파편들이 쏟아진다

한 조각씩 거리 두기하고 보초 섰던 양떼구름도 그
들의 작전을 도왔다

먼 바다를 떠돌던 오수들이 통유리창을 향하여 방
울방울 흩날리고

쑥대밭 일으키다가 가라앉는 물보라

연두빛 오수 위에서 피어오른 여름이 흐느적거린다

흙냄새를 맡고 몰려드는 이름들이 지겹도록 찾아온다

계족산 자락 덤불 위에서 불그죽죽 자란다

아무도 없는 곳을 더 좋아하는 살찐 목소리들

변명 없이 엎질러진 푸른 소문이 무성하다

엘리베이터 안에서

사각의 모서리에서 뛰쳐나온 나와 거렁뱅이가
대각선을 그리며 서 있다
깎아지른 절벽에 부착된 거울 앞에서
우리는 일그러진 얼굴을 밀착시킨다
길가에 버려진 민들레 홀씨를 생각하는
그의 속살이 보얗게 변해간다

한 풀 두 풀 꺾이며 맨살 비비는 풀꽃 반지들이
엘리베이터 속 사각지대에서 나풀거린다
겸연쩍게 우리를 쳐다보는 사람들이 사각의 링을
탈출하기 시작한다
날마다 깜깜한 거울을 보는 거렁뱅이가
사각의 링으로 휘두른 울 안에서
영광의 탈출을 시도한다

사막

산은 등성이만 남기고 산자락부터 쓰러진다
몇 줌 남은 산림욕 마지막 숨소리로 토해놓는다

산의 심장에서 떠내려 온 새로운 잎파랑이
최후의 산 발자국 된다
건너편 모래 지층에 모래 먼지 털어낸다
그 모래 소리 방금 태어나는 아기
첫 목소리와
서둘러 자라다가
최후의 목소리 된 무덤처럼

누구나 최초의 목소리에서 잎사귀 소리가 들린다

길을 잃어 닿지 못한
마지막 목소리가
모래 먼지 하나도 없는 날
울려 퍼지기를 원할 것이다

잎새 소리 작게 들리는 산과 강

빈 들녘이 푸른 사막을 흔든다
빈 육체 속에 잎 푸른 소리 들리지 않는다

섬

집마다 옹기종기 쌓아놓은 돌담이
섬 지도를 그린다

우리가 잃어버린 폭포 물살이
교회당 앞뜰에 펼쳐진 초원지대를
휘돌아 나간다

올망졸망한 아이들이 길가의 민들레들을
마음에 두고 대초원 학교에 간다

왕은점표범나비 떼들이 긴 여정의 숲을
머뭇거리면서 실토해낸다

집마다 쏟아내는 질그릇 물동이 물 폭포
아래로 옛 강이 흐른다

중환자실에서

건강한 침대 밑에서 그가 걷고 있다
씻어낼 수 있는 우리의 상처가 튼튼한 침대를
지나서 그의 상처 속으로 스며든다
우리는 세상에서 가장 잘 만들어진 침대를
몸속에서 꺼내어 놓는다
한밤중 수많은 침대를 오르고서 오솔길로 가득 찬
낮은 동산을 오른다

그의 어머니는 아름답게 만들어진 건강이 새어 나온 틈을
의사보다 먼저 발견한다
굳은살 박힌 손을 수만 번 긁어내고서
침대의 옹이를 메우는 고운 나뭇결처럼 그의
상처 속으로 스며든다
어머니 눈물방울 닮은 볼트와 너트가
뚝딱 일어서려는 그의 각개목 심장을 지난다
슬픈 표정 아래에 감추어놓은 우리의 무표정한
심장 속을 방울방울 지나간다

개미의 세계

안락도요새 둥지를 허물고 먹잇감을 찾는다

격전지를 허물어트릴 때도
평화로운 행군을 한다

먹이를 놓고 싸움할 때에도
두 주먹 불끈 쥐어 보이고 행군을 한다

낭떠러지가 되기 시작하는 낭떠러지
한 눈금씩 평화를 지향하는 서로의 발들이
깊이 빠져들기를 기다리며 행군을 한다

첫 금 가기 시작하는
아가리를 평평하게 벌리며 행군을 한다

최초의 축음기 소리에 싸움꾼들
쥐 죽은 듯한 발소리가 고스란히 녹음된다

무서운 낭떠러지에서의

우선멈춤을 위하여 왼발 촉수 끝 깊숙이 사려 깊은
세포 조각 하나를 숨겨놓는다

막 발견한 대륙이 조막손만하다
먹이 뺏기 놀이를
평화롭게 종식하는 싸움판이 벌어진다
게릴라성 소나기와 국지성 소나기가 쳐들어온다

그랜드캐니언 관광궤도 위에서 흩어지는
다채로운 이웃의 전쟁터들이
아직 발견하지 않은 활화산 티끌처럼 흩어진다
멀고 먼
화산섬의 한 줌 잿더미를 휘어잡으려 행군을 시작한다

항아리

　방금 깨어나는 달빛을 품에 안고 붉은 노을이 되어 가는 푸른 노을 가까이에서 내려온다 어린 시절 보리개떡으로 한 끼 채우던 어스름한 어둠에 배꽃잎 닮은 제 살빛 나누어 준 달빛을 꼬옥 안는다 춘향 아가씨를 닮은 여인이 둔산동 이마트 앞 쇼핑카트에서 유순한 달빛에 굶주린 물동이를 꺼내 든다 볼그레한 살빛 위로 창포 물살이 흘러내린다 무한한 창공이 배어 있는 세상인심도 한소끔 보리밥 생각뿐인 배고픔을 달래지 못한다 애달픈 달빛 아래서 빚어내던 쑥개떡 망개떡을 질그릇 물동이 속 한 줌 창포물이 올곧게 기억한다

　빈 들녘 쓰러지는 한기 어린 시절의 땅이 아프리카 어디쯤에서 머물고 있다

3부

주막

들판의
지푸라기에 창궐한
때깔론이

그
초가에서는

이끼가 된다
바람이 된다

풍월은
무죄,

맷돌에도 미소 조각이 저장될까

들숨 박자를 잠깐 쉴 때마다
숨두부 만들다만 콩이 점점이 박히는 것을 아는지

푸석해진 속살에 청솔 바람 조각 빼닮은
미소도 점점 박혔다 빠져나가는 것을

돌 두 덩이가
느리게 퍼져나가는 미소의 엇박자라도
다시 끌어올리려는 것을

으깨진 통팥이 붉그죽죽 미소가 번져나가는 살 거
죽에 맞닿네

실바람 한 조각 솔솔 음미하다가 다가오는 미소 쪼
가리,

하루만치 고단함 속으로 부드득 갈려 나가네

점점 야물어져서 쳐들어 붓는 하루치 고단함의 실체

뒤엉킨
수많은 콩의 피곤한 몸체와 실체
우선 아득바득 부셔 놓고 보아야 하네

온종일 중얼거리며 되씹어놓은
일그러진 미소 쪼가리도 다 빠져나가네

다 닳아빠진 몸체를 헤아릴 수 없이
번갈아 가며 맞부딪치며

다 닳아빠진 미소라도 건져야 하네

우리가 침묵을 좋아할 때
간과한 미소 쪼가리가 조금이라도 엉겨 붙은
표정이 지나온 표정 중 그중 나은 표정이라고 하니까
언제부턴가 쭉 살아보니까

소주 한 잔 속

들꽃 한 아름을 가지런히 끌어안은
황진이가 박연폭포처럼 서 있다
다랑이논두렁 위에 만종의 지평선을
휘둘러 놓는다
안락도요새들이 수정유리 알만 한
옥구슬 은구슬을 낳는다
황진이 열두 미백의 폭으로 옥구슬 은구슬
오글오글 가라앉는 박연폭포 물살이
쏟아진다

박연폭포 물줄기에서 뻗어 나온 들꽃들이
설악산 위로 흐벅지게 쏟아져 내린다
들국화 산들거리는 사금파리 화분 위로 흰
폭포 물살의 그림자가 거뭇거뭇 맺힌다
황진이 열두 폭 치마폭을 휘돌아 흐르는
폭포 너울너울 흘러내리는 설악 산비탈에
나의 그림자가 멈추었다
대청봉 골짜기에 쑤셔 박힌 너럭바위를 쪼개어 들고
우르릉 쾅쾅 멈추어 섰다

프라이팬이 있는 설악산

금강초롱꽃술 연한 심지에 켜 놓은 가스레인지 불꽃이 속살갗에 닿는다

때죽나뭇결 일어나는 살 거죽에 들러붙은 달걀 프라이를 팔랑팔랑 떼어낸다

한 줌 하늬바람 속에서 휘어질 듯 간드러지게

맨살을 태우는 금낭화 금강초롱 꽃잎이 꽃쌀을 익힌다

푸른 열꽃 핀 프라이팬 위로 낙화한 꽃쌀눈이 지글지글 타오른다

청초한 파도산으로 쓰러지다가 해금강 파도 결 타고 퍼져나가는 설악산

황홀한 맨살 위로 그대와 나의 꽃불 타는 눈이 이글이글 낙화한다

해장 국밥 말아주는 여자

밤새 코가 삐뚤어지게 퍼먹은
남정네들 사이로 무한 질주하다가
삐거덕거리는 주방 뒷문을 박차고 들어온다
고향집 신작로가 꽃대 없는 코스모스처럼
주방 한 귀퉁이에서 알딸딸 떨고 있는 대파 한 다발을
팍 껴안다가 숭숭 썰어놓는다

새벽이슬 맞은 눈꽃 송이꽃으로 들어온 첫 손님
똘똘 뭉친 눈꽃 살점 한 점 한 점 흩어져 내리는
연탄 난롯가에 주저 없이 앉는다
생고추 삭힌 고추 한 움큼씩 다져 넣은 얼큰한 해장
국밥
얼얼하게 들이켜는 손님에게 빈 해장 국밥 뚝배기
뒷구석으로
얼떠름하게 차오른 해장술을 몇 숟가락 퍼먹어 보
라고 한다
독야청청한 눈빛을 내리깔고 쏘아보는 청천 끝 향해
양재기와 술 주전자 내팽개치다가
황야의 거리 속 웅숭 거리는 말죽거리를 요리조리

활보하는

　주정꾼을 껴안으며 일으켜 세운다

　그래, 나 해장국집 여자야

달팽이의 길

들꽃 송이는 땅속에 피어 있다

그대는 요즈음 느리고 피멍 든 발자국과
마주치면 곧 돌아서 갈 것
환경애호가들은
지금도 찢긴 그물을 어느 곳에도 버리지 못하고 걷
는다
우리는 그 속도를 먼 숲속에서 당겨와
같이 걸어야 한다

세상의 빈 길을 걸을 때도 거대한 숨 죽여야 한다
다행히
웅크리고 있는 나이아가라 폭포 소리에 실려
엘레스톤 숲속을 소리 나지 않게 걷는다

주인에게 잡아먹히지 않기 위해
빈껍데기가 되지 않기 위해
주인 잃은
빈집과 빈 하늘로 가기 위해

그대에게서 가장 멀리 있는
폭포 줄기를 다시 만나야 한다

폭포는 소리가 멈출 때
빈 숲속에 깔린 된바람막이를 들춰 준다
애호가들은 막 새로 만든 이중창보다
바람의 막이 있는 숲속의 문을 좋아한다
지금
안개 덮인 엘레스톤 꽃밭 주인이 선심성으로 깔아놓은
아스팔트 위를 지난다

가을 들꽃 송이가 초록 이슬방울을 글썽인다
운동가들은 갈보리잎 섞인 갈댓잎 꽃꽂이를
우리의 새로운 담장이라 명명한다
어느새 그들도 느린 걸음을 잃어버렸다

어머니와 나의 횡단보도

현관문 가까이에
어머니의 횡단보도 한 모퉁이가 정박 중

휘어진 신작로를 화살나뭇잎 치켜들고 지난다

어머니가 슬레이트 지붕 한쪽에
푸른 기와 몇 장을 올려놓으면서
나의 횡단보도라고 하신다

땔깜 나무를 하면서도
푸른 융단 깔린 나의 레드카펫을 만드신다
어머니 발자국이
푸른 낙엽과 함께 흩어진다

숨 가쁜 심장 뼛골에 숨기며 나무둥치를 짊어지신다
그 뒷모습을
겨울 들꽃잎 안고 있는 내가 떠받친다

자식들 끼니를 위해

82

땔깜 나무 옮기는 위대한 한 발자국이
나의 횡단보도에 걸쳐 있다

고구마를 저녁밥 대신 삶아 내놓으신다
찌그러진 양은 쟁반 자국으로 뒤덮인
어머니 위 속을 낭만적으로 건너고 나서
이미 매끄러워진 나의 위 속에서
미끄러져 내린다

관절염이 있는 풍선

빈 화장대 서랍 속에서 동그랗게
모여 있는 모서리들이 흩어져 나온다
둥근 잠자리 날개를 달고 있는
모퉁이들이 날아다닌다

진흙으로 뭉쳐진 고향길 모서리는
움푹 팰 때 사각 진 곳을 잃어버린다
실비 맞으면서도 더 단단해지려는 보도블록 위의
콘크리트더미가 진흙 땅속을 파헤친다

오늘 콘크리트더미 일으켜 세우는 하루 품팔이를
끝냈다
그럴수록 더 피폐해지는 나의 모서리!
곁으로
서대전 사거리 서울정형외과 병원 문이 삐끗삐끗 지
나간다
어린 시절 고추잠자리들과 더 푸르르게 파헤쳐놓은
하늘길 메울 때 잃어버렸던 타박상까지도
다시 솟구치며 욱신거린다

〈

이미 굳어진 퇴행성 관절염증을 파헤치기 위하여

단단한 머릿속을 물렁물렁하게 만드는 주삿바늘 자
국이

점점 커진다

쉬고 싶은 관절을 물렁한 살 밖으로 꺼내어

맨 꼭대기층 옥상 아래로 연결되는 나의 고향길

계단을 만든다

꽃사랑

솜구름이 백열등 아래 펼쳐 놓은
들꽃 무늬 양산 위에 몽실거린다
구겨진 오색종이꽃 멍울에
어머니 연지곤지 묻은 분첩 펴 바른다
연둣빛 산그늘 촘촘히 개켜 넣은
오동나무 장롱 뒤 첩첩산중 속에서
오색 꽃말 터트린다

흙벽돌 속에서 산화한
불꽃 한 가닥 화들짝 되살아나는 등잔불 아래
꽃반지를 만든다
지난여름
산사태 속 꼿꼿한 꽃시계탑 아래를
붉은점모시나비와 함께 종알종알 떠돌아다닌다
청솔나뭇결 살강 위에도 푸르르르 꽃잔디 깔린
오두막집 종종걸음으로 나돌아다닌다

침묵의 소리

파랑주의보 파도 살결이 빠져나간다

한 눈금 가을 햇살이 남아 있는
청솔 잎새에서도 멍울멍울
빠져나간다

차가운 물살에 젖어 있는
청솔잎 그늘 속을
터벅터벅 걸어간다

청자 향 가을 하늘 한 모서리가
피융피융 내려꽂힌다

녹슨 시간 한 조각 내걸린
코스모스꽃 속에서 깔깔이 날개옷을
주워 입는다

코스모스 꽃잎으로 기워 놓은
나들이옷 갈아입고 뽀로통히 입술 내민다

모나리자

그녀의 숨결 고운 손안에서
실크 향 살결물이 찰랑거린다
생각하는 갈대밭을 아른아른 떠 올리며
빈 들녘을 머금는다
들꽃 잎 머리핀 산들산들 나부끼는
어린 시절 귓전에서 거창한 미소 소리가
다정하게 익어간다
그랜드캐니언 겉면에 남아 있는 실낙원을
거친 파도 소리 나는 속살결을
숨죽이며 물살이 오르내린다
이름 모를 먼 들녘 고운 흙 웅덩이를
휘돌아 온 산들바람이 그녀의
거대한 시선을 한들한들 관통한다
하얀 융단 옷감으로 휘 감침질한
유년 시절 빨랫줄에 널었던 옷들이
그녀의 유순한 목덜미에서
조롱조롱
흘러내린다

쓰레기 소각장

철 지난 달력을 잡동사니 틈
비집고 걸어놓는다
한 줄 핏줄마다 녹차 찌꺼기
녹아 흐르는 음료수 캔들이
소망의 날을 기다린다

몽쉘통통 거리며 튕겨 나가는
빈 캔들이 철 지난 달력 속에서
잘록한 양철 파편을 튕기며 타들어 간다
날카로운 고철 조각 비틀어 쥔 풀꽃 아래로
한소끔 희망이 나풀나풀 가라앉는다
광폭의 푸른 하늘 품은 미지의 세계에
널브러트린 쓰레기 산더미 위로
사차원색 무지개가
구부정하게 떠오른다

오늘, 바람과 함께 사라지다

안개가 짙게 깔린
전편의 마지막
장면 속에서 엑스트라들이 깨어난다
땀이 밴 수건 하나씩 휘두르고
말할 것도 없이 노예역을 맡는다
스칼렛의 초록 눈빛 하나 아름답게
묻힐 흙을 찾는다

목화밭이 도회지 한복판에서 묵어간다
강은 화면 밖 어느 곳이나 갈 수 있다
강물은, 하얀 눈물방울 풀어지는 노예 1호의
커피잔에서 멈추어 있다
억새 풀길이 심장까지 흙을 끌어들인다
전편보다
들꽃에게서 더 멀어진 목소리로 엑스트라 2호를 부
른다

아직도 죽지 않은 전쟁의 폐허를 붙들고
꽃들이 일어난다

그 암울한 흔적마다
푸른 융단 커튼을 휘감는다
거리에서 나뒹구는 천 조각으로 만든
그녀의 채찍은 들꽃을 향한다
채찍은
다시 도회지의 숲 갈대밭
새로운 잎사귀가 되어간다

갈댓잎 줄기가 화면 밖
모든 숨결을 채근질한다
그 푸르스름한 *끄*나풀을
붙들고 스칼렛이 깨어난다
보드라운 손가락을 탈피한 카푸치노 커피 향기에
찻잔이 뒤집힌다
화면 안 목화밭만큼 뒤집힌 세상을 붙들고
엑스트라들이 일어난다
역마차 느린 속도에 멈추어 있는 엔딩 자막이 서서
히 오른다

막걸리

갈마초등학교 시절, 줄반장 노릇하던
이종안을 식장산 등성이 일용엄니
주막집에서 만났다

줄무늬 가다마이를 연노란 애로 달빛 한 조각
휘청휘청 매달린 버들가지에 척 걸쳐놓고
수박색 새마을 일꾼복으로 갈아입는다

짓 으깨진 콤비네이션 피자
며칠 전 호박풀대죽 쑤어먹고 남은 밀기울 부스러기
다 털어 재껴 부쳐온 듯한 신김치 부침개
연둣빛 피망 풋고추 숭숭 썰어 넣은 양념장에
푹 찍어 먹는다

진눈개비들이 호박꽃 잎사귀 밑
눈꽃 속에서 아침이슬 방울처럼 톡톡
궁굴러다닌다

강철 판대기 둥글넓적하게 깔린

양철지붕 아래서, 해금강 뒷구석쟁이에
되풀어 트려 졌다가 막사발 한 구석쟁이로 차오르는
포천 이동막걸리를 벌컥벌컥 들이켠다

애달빛 독야청청 물든 애로 강물에 풍덩풍덩 씻긴
서산마루 조각이, 이미자 동백 아가씨 흥얼거리며
앉아 있는 들마루 위로 번들번들 떨어져 내린다

거울 문을 열고

소년 안중근의 거울로 소슬 대문을 만든다
금동미륵반가사유상 금동대향로 거울 기와 추녀 끝
에서
늦가을 씨받이 옥수수처럼 너울거린다
순이의 단발 머리카락이 추녀 끝 여덟 가지 무지개
색에
휘감긴 빗물을 조목조목 파헤친다
바이칼 호수에 걸친 여덟색 무지개가 찢어진다

지하철 4호선에서 층층층층 내려간 한 계단 아래에
고문실 사다리가 걸렸다
무등산 수박 넝쿨 넌출 거리는 지하철역 앞에서
갑사댕기 머리 따 내리다가 청노루빛 눈물방울도
따 내린 순이가 사라진다
오대양의 가로등이 지하 고문실 들창가에서
철그렁 깨진다
추강 동진 벼 이삭 깨문 팔색조가 고독방
반 평 창공으로 날아간다
순이의 눈동자에서 총총총총 거울 깨알들이 쏟아진다

박가분 동동구리무 묻은 연지곤지가 흘러내린다
사원색 평사리 여울물 깃발이 찢어진다
그의 눈을 비추는 거울이,
하동군 평사리 최참판댁
소슬 대문에 걸려 있다

4부

오래된 유리창

이슬방울이
한 조각 창공 속으로 흩어진다
블루마운틴 커피잔 위로 고이는
바닷물이 서서히 흐린 하늘 조각에
부딪히며 쏟아진다
푸른 커피잔 속에 낳아놓은 어린아이가
드높은 창공 한 줌을 솔솔 흘리며 걷는다
흥타령을 흥얼거리는 아이들이
스칸디나비아반도 연푸른 등고선을
긋고 다닌 눈썰매 칼날을 종일토록 휘두른다
전쟁과 평화를 조금씩 침범하며 왈츠를 추는
나타샤와 함께 스칸디나비아 반도의 전쟁놀이
속으로 들어간다
푸르고 푸른 하늘에 웅숭깊게
넣어놓은 백말표 털 고무신을
신고 걷는다

숨 쉬는 종이컵

짓 구겨진
육신 덩어리들이
커피 자판기 위에서 떨어진다

덜 이그러진 몸통들이
광란의
광열 판대기 내장한
커피색 수통가를 지나고서
대롱대롱
목매달려 있다

오색 종이 머리 숱 총총 날 때
뒤집어쓰는 해골 머리와 잔 머릿결 숭숭 날 때 쓰는
잔 머리통이 골치 아프게
공존한다

짓구겨진
종이컵 종이로 돌돌 말린
생 간덩어리가 퇴행성 관절염통 속에서 더부룩더부룩

부풀어 오른다

종이호랑이 가죽 비들비들
비틀어지는 생리통 속에서 빳빳하게 뻗어 있는 아기
종이컵이
빠스락 빠스락 빠져나온다

닥터 가세의 옷을 걸친 청소부들이 빡빡 머리통에
거꾸로 매달린 변명들을
쫘악 쫘악 찢어 벌리며
분리수거한다

눈

눈은
추억을 살찌게 하고
자신의 기억은 쓸 줄 모른다

눈은
산봉우리 절경을 드높이고
자신은 절명한다

눈은
흰 눈 덮이지 않은
가로수길을 움직이고
자신은 안개꽃보다도 작은
꽃집에서 산다

오늘 눈꽃술 모양의 눈이 소리 없이 한밤에 일어난다

자신의 가느다란 턱선이 느낌도 없이
흘러내리는 줄 모르고
세수한다

〈
현관 귀퉁이에 방치된 크리스마스트리 위
어제보다 더 말끔해진 눈꽃술의 눈동자
대롱대롱
매달려 있다

물물교환

커피향기가 처방약 순번 기다리는
하나로약국 의자와 의자 사이로 가라앉는다
알약과 가루약 한 번씩 물물교환한 사람들이 겹쳐
놓은
일회용 종이컵 위로 진한 갈색 커피물이 출렁거린다
팔순 어머니 닷새 분 감기약 위로 아스피린 판피린
고뿔약이
주르륵 흘러내린다

꽤 젊어 보이는 약사에게
아스피린 판피린 감기약도 넣어 달라고 하자
흑백텔레비전 속에서 마구 활개 친 약에 대해서는
잘 모른다고 한다
부루펜 코리투살 시럽 섞인 알약과 가루약 드시고
새 기운 차린 어머니가 이쁜 새색시 앞에서 코미디언이
마구 활개 치는 드라마 보러 양지뜸 아리랑 고개를
넘어가신다
팔순 어머니와 금세 늙어빠진 내가 양지바른 쪽마
루를

나누어 앉으며 만병통치약 아스피린과
헤이즐넛 커피 한 잔을 물물교환한다

피아노가 있는 겨울 산

예술의 전당 그랜드 피아노 위로
눈꽃 송이가 쏟아진다
계족산 모롱이 잔설 솔솔 깔리는
앙상블 홀 무대 위에서 청동상 옷 입은 한 사람
잠들지 않는 한밤중에도 건반 소리가 들린다
우르릉 쾅쾅 잔설을 다 쳐 죽여 내버리는 도시의 산이
그의 피아노를 다 망가트려 놓을 때까지 소리 없이
들린다

청천 벽면에 솔솔 기대어 놓은 건반으로
청매화 꽃바람 소리를 낸다
설매화 꽃바람 타고 도도히 떨어지는
청솔잎들이 청초한 눈 덮인 하늘 바닥에 깔린다
예술의 전당 앙상블 홀 녹색 커튼 뒤
흰 눈 덮인 청솔나무 두 그루 사이로
하회 마을 초가지붕들이 어화둥둥 떠다닌다
나, 겨울 산을 건반 두드리듯
걸어 다녔다
어두워질 때까지

106

바다의 비애

천천히 응고되어가는
암울한 고독을 암벽 위에 던져놓는다
천 길 바닷속 보이는 파도 물살이
고독 한 점 없는 창공을 떠돌다가
해말갛게 죽는다

곧 죽어가는 고독한 암벽들

진흙탕 물 튀기며 응결건조 되어가는
심장 위에 보슬비처럼 보드랍고 반투명한
제 뼈대를 응집시킨다

이백과 두보가
길고 긴 바다 골짜기에서 내려오는
해맑은 술을 마시다가 죽는다

천 년 동안 맑은 피 흘리는 밤바다가
한 잔 술에 죽는다

겨울 바다

털실 넝쿨로 엮어놓은 어머니
스웨터를 빈 바다 위에 풀어놓는다

질그릇 화롯불 타닥타닥 타들어 가는
모닥불을 소 여물죽 쑤는 가마솥 아궁이에 지핀다
중섭의 그림 속 소들이 쇠비름나물 한 움큼이
나뒹구는 여물 더미를 헤치고 소꼴을 먹는다
쇠구유속 비름나물을 풀어헤치고
가벼운 하늘 조각이 가라앉는다
빳빳한 1000원 2000원짜리들이
꼬깃꼬깃 나뒹구는 붉은색
무명 인삼 보따리를 건져낸다
무거운 하늘 조각 들춰 어머니와 함께
겨울 바다로 간다
괴산군 불정면 탑들 부락에 펼쳐지는
붉은 바다 기슭으로 어머니를 이끌고 간다
몸이 찬 사람들이 수평선으로 기울어질 때
한줌 바닷물에 풀어지는
글루코사민이 정읍약국 앞에서 산소 방울처럼

방울방울 떠다닌다
나는 뜨거운 이마를 만지고 있지만
한동안 바다는 겨울이다

갈치

그는 은빛 나는 연주황빛

그가 꿈꿀 때마다 펄쩍 뛰어오르는 노래미보다 한길
이 넘게 물개 새끼와 피라미를 놓고 먹이 싸움을 할 때
뼛속 살점을 잃고도 은은한 자태는 절대 떨어뜨리지
않는다

살고 있다는 하나의 생각뿐인 그 앞에 가장 두꺼운
벽은 잘 썩지 않는 나일론 그물망이 걸려 있는 도시의
바람벽

그럴 때마다 대양은 제바닥을 더 늘려서 그 벽을 매
장한다

아직 비늘이 박히지 않은 긴 꼬리를 더 늘려서 바람
의 흔적을 파헤친다 그는, 누구에게도 빼앗기고 싶지
않은 은비늘이 육지에 다다르자 더 늘어나는 횟집들
도마 위마다 떨어진다
〈

110

대양은 오로지 한 점 새순 닢처럼 살고 싶다는
생각의 굴레를 수장시키지 않는다
한 접시의 민물이 그의 작은 꿈을 침수시킨다

그도 긴 순수한 망을 풀며 만선을 꿈꾼다

데레사 수녀 만삭의 몸속

담양 죽녹원 아래 여울 가
온천처럼 유황 김 솟는다
머들령 고개에서 시작한
메타세쿼이아 활주로 위
데레사 수녀가 아픈 배를 움켜쥐고 걸어간다
검은 머릿수건으로 치부를 동여매고
현대 산부인과 침대에서
오수의 정체를 허물고 있다

첫 눈송이에 쌓인 허파꽈리가
인도의 빈민촌 위로 떨어져 흩어진다
그녀 맨 몸속을 유영하는 G 선상의 아리아가
메타세쿼이아 잎사귀 위로 흐벅지게 쏟아진다
청청한 죽녹원 뜰을 휘돌아온 눈발이
빈민가 맨발 소년의 움집 속으로 내린다

메타세쿼이아 가로수길 아래에 펼쳐진
갠지스강가 초원에서 헌 옷도 입지 않은
소년이 뛰어다닌다

산부인과 병실 보호자 침대에 누운 소년이

데레사 수녀 우윳빛 목덜미를 응시한다

맑은 햇볕에 그을린 그녀의 살점이, 한국도자기

미역 국그릇 위로

뚝뚝

떨어진다

지하철

점점 어둠을 파고드는 층계를 제일 먼저 내려온 사람이 한 그루 겨울나무처럼 서 있다 겨울 강을 휘몰고 온 사람 치렁거리는 머릿결에서 물실크 향 샴푸 냄새가 풍긴다

작은 철창문 붙였다 떼기만 하는 전철의 공허한 소리에도 우수에 잠길 줄 아는 나뭇잎이 나무 손잡이를 놓고 서성인다 겨울 강물 한 줌을 간직한 사람이 따스한 녹차 한 잔씩 나누어준다

저문 마음을 펼치고 사람들이 어둠을 파헤치는 풍경 속으로 질주한다 한 그루 겨울나무 너울너울 앉아 있는 철창 밖 벤치를 향해 고개 돌리는 불빛들, 소리 없는 통증으로 서 있다

세상에서 가장 아름다운 모자

영국 여왕 모자를 빌려 쓴 그녀가
거울을 한 번 더 쏘아보고 있다
그녀 눈독에 든 화살을 쥐 죽은 듯
고요한 안방 창공을 향하여
쏘아놓고 나간 뒤 옴폭 패어 들어간
거울 한가운데 더부룩 더부룩
부풀어 오른다

솟을 바람 한 뭉텅이
그녀 잔머리카락이 내장된 표피층을
집중 공략할 때 우아한 깃털이 너덜너덜
내장된 슬레이트 지붕이 들썩거린다
고향집 담장 아래 더부룩이 쌓인
모자 위로 은하수 가운데 제일 먼저
빛을 잃은 잔별 총총히 내장된
여왕 관을 올려놓는다
남실바람 한 뭉텅이씩 장전한 혁명군들
사이에 별똥별 초롱초롱 장전된 모자 쓴
영국 여왕이 서 있다

설날

봄꽃 씨앗들
아기자기 잠자는 땅 밑으로
푸른 별빛 쨍쨍 깔린다

까치설날 밤 어머니가
내 머리맡에 소리 없이 놓아두신
빨간 골덴 설빔

우리 집 다락방 위로
날아든 새 한 마리가 남긴
발자국을 본다

어머니 손등 비추어
찾아낸 사금파리 꽃병 주워들어
소꿉놀이 꽃바구니 속 고운 흙 담아
오랜만에 방문한
친척 동생에게 선물해주고

가래떡 설컹설컹 써는 어머니

흰 무명 솔 깃 나풀나풀 풀어진 방석 아래에
참 속살 고운 흙을 포슬포슬 깔아 놓는다

밤나무 사과나무 살구나무 대추나무
댑싸리나무 울타리로 울울창창 휘두른
아침에
나는 침을 꼴깍, 삼킨다

빙벽

벽 모양을 거부하는
작은 벽들이 부서진다
벽을 거부할 수 없는 큰 벽이
바닷속으로 가라앉는다
자잘하게 서 있지 못하는
63빌딩이 큰 벽이 된다
나이팅게일 외출복 입은
요양보호사들이 큰 얼음덩이가
되어가는 빌딩 속을 수직 낙하한 뒤
흥건하게 빠져나온다
작은 벽을 드나드는 그들이 벽 없는
집들이 쓰러져 있는 독거노인들
쪽방촌을 스쳐 간다
큰 벽과 작은 벽이 63빌딩
빙벽 속에 갇혀 있다
고향집 우물 한 바가지를
개울물 한 동이처럼 안고 오는
요양사들이 오기를 하루종일
쉬이 잠들지 않고 기다린다

잔디

탁자 위에서 차를 마시는 동안
오리털 외투 한 벌이 겨울 면벽에서
푸른 파도 살처럼 떨고 있다
어제 놓쳐버린 그릇이 다시 결속을 위하여
미동 보일 때 잔디는 따스한 바닷가
한 모퉁이를 현관 안으로 끌어들인다
그대 가득 찬 감성을 잃어버리고 놓쳐버린 그릇을
깨트리는 순간 홀씨를 풀어 흩뿌린다
녹차 향기 따라서 옮겨 다니는 붉은 씨앗들이
그대 보이지 않는 욕망을 퍼뜨린다
어린 잎사귀가 어두운 표정을 더 무겁지 않게
받쳐주고 벽돌들이 돌보아주는
유리창 속에서 자란다
우리 삶의 위안에 충실하다가
떨어져 나가는 잔디에게 빈 하늘벽은
가여운 헛손질도 하지 못한다
가장 가냘픈 철새들 다리 삐걱거림의
쉬어감을 위하여 제 다리 살 속 꽉 조여 놓은
뿌리혹박테리아를 풀어준다

갈마울 빨래터

빨랫돌이 너럭바위 만큼하다
제일 조그마한 바위라고 이름 붙여진
가장자리에서 한번쯤 멈추어나가는
비눗방울 속 수정 유리알들,
먼 산이 거뭇거뭇 다가온다
함지박 속 꼬불거리는 물고랑에서

강물이 흐르고 또 흐른다

수정유리 알 밴 송사리 떼
빨랫돌 둥근 모서리에 부딪친다
세상에서
가장 작은 호수처럼 퍼 올린 물속으로 들어간다
쌀방개가 가장 볼품없는 물장구식 헤엄친다
산골 물안개 술렁술렁 묻은 어머니 몸빼바지를 푹
정궈놓는다
말갛게 씻긴 물안개
솔랑솔랑 빠져나간다
아이들은 첨벙첨벙 유순하게

물장구식 개헤엄친다
차렵이불 호청 질펀하게 담긴
함지박 안고 빨래터에 간다

맥주병 뚜껑

어떤가
병나발을 불어대는 사람에게도
개소주를 마셔대는 사람에게도
꺾이지 않는
뽑아도 뽑아도 사라지지 않는
미운털 두서너 개쯤 숭숭 매달린
무릎과 발목 사이
G선상쯤에 살고 있음이

안으로는 OB 라거 하이트 알코올 5도에 만취한
물결로 흥청대고
밖으로는 소갈머리 없는 맥주병 얼빠진 병뚜껑으로
분리수거 된다니

막강한 고가 사다리는 사월의 첫 태풍 기가 막히는
압력에도
꺾이지 않으므로
익스프레스 이삿짐에서 낙하한 잡동사니와 필수불
가결하게

이합집산 중
매우 불유쾌한 유권해석이 따라붙는데
병과 뚜껑 소비가 가장 많은 날이 도래했다고
불타는 금요일의 농도 짙은 땅거미 쪽으로 내리꽂히
는 것인데
다 퍼먹고 우악스런 오바이트 내지르기 전에
한두 번씩 꼭 내뱉는
그대들의 해괴머니한 괴신음 소리도 꾹꾹,
병과 뚜껑 그 상관관계만 되뇌며 생짜배기로
들어야 한다는 것

가을꽃 향기 나는 여인 앞에서 프로스트의 꽃말을
잊은 그대는
중병이 들어가는 것인데
고매한 느낌을 실토해도 오늘도 병뚜껑 취급뿐인
허구한 날
느낌적인 느낌 하나도 없이 빈 수레를 향하여
몸뚱어리를 날려 보내야
썩 괜찮은 날이라고 한다는 것

〈
어떤가
어떤 시인의 낙엽처럼
일개바람을 느끼고픈 육감적인 표딱지로 만들어지
기 전
청춘이 시작되는 봄봄날 꽃샘바람보다 더 센 오프
너에
꽉 씹혀 된통 쭈그러진 형상합금으로
필생의 단 한번
G선상의 세상을 나들이하는

나무의 칼

썩은 가지를 베어낸 자리에서
푸른 공기 방울이 돋아난다

숨은 옹이 자국이 움트는
오전의 입맞춤으로 서늘하다

제 몸속 붉은 이슬을 응시할 때
나무는 초록빛 산소 방울을 바라보며
둥그렇게 자라고 있다

젖은 머리칼 같은
잎사귀들이 붉은 톱니바퀴로
가득 찬 창공을 헤맨다

포르르 물기 머금은
새순을 기다리는 실뿌리가
그대 부드러운 칼날
아래로 스며든다

더 나은 내일을 꿈꾸는 긍정의 세계

권 온(문학평론가, 문학박사)

　서정미의 시에는 '나무'와 '들꽃'이 있고, '하늘'과 '들녘'도 있다. 시인의 시는 '예술'로서 '자연'과 '세상'과 '인간'을 조화롭게 껴안는다. 독자들은 이번 시집에서 그녀가 생성하는 '기표'와 '기의' 그리고 '예술적 관계'를 뚜렷하게 목도할 수 있을 것이다. 서정미는 언어를 섬세하게 다루는 장인(匠人)의 감각을 보여준다. 시인은 '자연'과 '예술'을 동시에 품은 진정한 삶을 꿈꾼다. 이제 참된 여행을 시작할 시간이 되었다.

넝쿨장미꽃 파르르 휘감은

그녀에게 촉촉이 와 닿은 와인 한 잔이

청순한 그녀 몸속에서 와인 찌꺼기가

되어버렸다

들꽃이 떠받치는 포도 잎사귀들이

순결한 그녀 몸속에서 갈기갈기 찢긴

클리토리스와 함께 흩어져버렸다

고슬거리는 밥 알갱이 동동 떠다니는

와인 찌꺼기가 민들레 꽃잎 위에서

난도질당한다

깊고 푸른 밤 어머니의

순결한 음부가 민들레 속으로

자분자분 가라앉는다

—「오래된 와인이 있는 마을」부분

서정미가 여기에서 주목하는 인물은 '그녀'이다. 시인이
바라보는 인물은 "청순한 그녀"이자 "순결한 그녀"이다.

그녀에게는 '음부(陰部)'가 있었다. 그녀에게는 또한 '클리토리스(clitoris)' 곧 '음핵(陰核)'이 있었다. 서정미는 청순하고 순결한 대상으로서의 그녀가 '어머니'임을 밝힌다. 그것은 금기(禁忌)를 뛰어넘는 행위이다. 시인은 욕망을 직시할 수 있는 힘찬 언어를 활용하여 어머니 역시 한 사람의 건강한 여성(女性)임을 우리에게 보여주었다.

몇 시간째 수술용 칼을 품고 있는
초원의 한 그루 나무가 희미하게 보인다
티티카카 호수를 빙벽으로 휘두른
북극 벌판에서 암세포들 스르르 빠져나가는
수술용 칼을 찾는다
빙산을 품고 있는 가장 큰 빙벽 속에서
소독을 끝낸 수술용 칼끝으로
잔디가 되살아난다
한 그루 나무와 내가 응급실 입구쯤에서
한 줌 푸른 잔디와 잭나이프 녹아내리는
빙산의 일각을 놓아버린다
마을 어귀 초가집들이 점점 늘어나는
적도의 산 위에 푸른 꽃 발자국을 떨어트리며

살고 싶다

슬픔이 커지지 않는 세렝게티 초원 위에

오랫동안 머물고 싶다

　　　　　　— 「전신마취를 끝내고」 전문

　다수의 사람들에게 약물 따위를 이용하여 얼마 동안 의식이나 감각을 잃게 하는 마취(麻醉)는 놀라운 경험일 수 있다. 마취는 수술할 자리만 부분적으로 마취하는 '국부 마취(局部麻醉)' 또는 '국소 마취(局所麻醉)'와 중추 신경을 억제하여 온몸의 감각이나 의식을 마비시키는 '전신 마취(全身麻醉)'로 분류할 수 있는데, 서정미는 전신 마취에 집중한다.

　이 시는 '응급실'과 '세렝게티 초원'의 대비를 보여준다. 전자(前者)는 '현실'을 가리키고 후자(後者)는 '환상'을 의미한다. 시인은 현실과 환상의 교차를, 현실과 환상의 미묘한 접점을 2행의 "희미하게 보인다", 11행의 "놓아버린다" 등으로 표현한다. 14행의 "살고 싶다"와 16행의 "오랫동안 머물고 싶다"에는 삶을 향한 강렬한 의지가 가득하다. 삶의 필연성을 긍정하고 운명을 사랑하는 시인의 태도가 눈부시게 아름답다.

방금 깨어나는 달빛을 품에 안고 붉은 노을이 되어가
는 푸른 노을 가까이에서 내려온다 어린 시절 보리개떡
으로 한 끼 채우던 어스름한 어둠에 배꽃잎 닮은 제 살
빛 나누어 준 달빛을 꼬옥 안는다 춘향 아가씨를 닮은
여인이 둔산동 이마트 앞 쇼핑카트에서 유순한 달빛에
굶주린 물동이를 꺼내 든다 볼그레한 살빛 위로 창포 물
살이 흘러내린다 무한한 창공이 배어 있는 세상 인심도
한소끔 보리밥 생각뿐인 배고픔을 달래지 못한다 애달
픈 달빛 아래서 빚어내던 쑥개떡 망개떡을 질그릇 물동
이 속 한 줌 창포물이 올곧게 기억한다

　　빈 들녘 쓰러지는 한기 어린 시절의 땅이 아프리카 어
디쯤에서 머물고 있다

　　　　　　　　　　　　　　　　　　　— 「항아리」 전문

　이번 시집의 주조를 이루는 테마 중 하나는 '배고픔'과
무관하지 않다. '보리개떡'이나 '보리밥', '쑥개떡'이나 '망
개떡' 등의 어휘로 등장하는 '어린 시절'의 허기 또는 굶주
림은 "둔산동 이마트 앞 쇼핑카트"에 이르러 현실의 구체
성을 확보한다. 앞의 시 「전신마취를 끝내고」에서 언급되

었던 '세렝게티 초원'은 여기에서 '아프리카 어디쯤'으로
변형된다. '둔산동'과 '아프리카'는 현실과 환상의 교차
또는 접점을 다시 한 번 극적으로 재현한다.

아프리카 어린이와

하얀 쌀밥 도시락을 못 싸가는

어린 나를 안고 사하라 사막을 건너는 햅번

여행 가방은 어머니 홑치마 품속이 된다

사막 한가운데로 흐르는 가장 작은

시냇물에 가득 찬 그녀 초승달 눈썹을

바라보며 금문교에서 멀찌감치 떨어진

징검다리를 건넌다

금문교와 형광 조명등 깨어지는 소리가 들린다

굶주린 아이들 축축 늘어지는 소리가

그녀 고향마을 브로크 벽돌 담 위

녹슨 스피커를 타고 들린다

세계의 호수보다

아름다운 그녀 고향의 아주 작은

호수를 지키기 위해

사하라 모래벌판이

금문교 곁에서 모래바람을 일으키며

멀찌감치 펼쳐져 있다

실비 내린 뒤에

푸르르

뛰어드는

아침 햇살은 햇반을 햅번으로 읽는다

— 「햇반을 햅번으로 읽다」 전문

'굶주림'을 향한 서정미의 관심은 지속된다. 시인이 포착한 "굶주린 아이들"로는 "하얀 쌀밥 도시락을 못 싸가는/ 어린 나"와 "아프리카 어린이"가 있다. 유년의 굶주림은 세월의 흐름 속에서도 잊기 힘든 강렬한 기억으로 남는다. 그것은 마치 "사하라 사막" 같다. "사하라 모래벌판" 같은 막막함으로 다가온다.

서정미는 이 시에서 음성 또는 의미의 유사성을 활용하여 자유로운 연상의 운동을 실현한다. 곧 '쌀밥'은 '햇살'로, '햇살'은 '햇반'으로, '햇반'은 '햅번'으로 의식의 연결을 제시한다. 쌀밥에서 햇반으로의 이동은 여전히 '나'에게 배고픔이 중요한 화두임을 보여준다. 햅번을 기아에 허덕이는 아프리카 어린이와 연결하면 영화배우 오드리 햅번

(Audrey Hepburn)이 생성된다. 우리는 언제쯤 '사하라'
를 건너서 '금문교'에 도달할 수 있을까?

  그녀의 숨결 고운 손안에서

  실크 향 살결물이 찰랑거린다

  생각하는 갈대밭을 아른아른 떠 올리며

  빈 들녘을 머금는다

  들꽃 잎 머리핀 산들산들 나부끼는

  어린 시절 귓전에서 거창한 미소 소리가

  다정하게 익어간다

  그랜드캐니언 겉면에 남아 있는 실낙원을

  거친 파도 소리 나는 속살결을

  숨죽이며 물살이 오르내린다

  이름 모를 먼 들녘 고운 흙 웅덩이를

  휘돌아 온 산들바람이 그녀의

  거대한 시선을 한들한들 관통한다

  하얀 융단 옷감으로 휘 감침질한

  유년 시절 빨랫줄에 널었던 옷들이

  그녀의 유순한 목덜미에서

  조롱조롱

흘러내린다

— 「모나리자」 전문

　사람들은 대개 나이가 들어갈수록 과거를 생각하는 경향성이 높아진다. 이 시에서 과거는 '어린 시절' 또는 '유년 시절'로 구체화한다. 시인이 이번 시에서 주시하는 대상은 '그녀'이다. 그녀에게는 "거창한 미소"와 "거대한 시선"이 내재한다. 그녀의 미소와 시선은 '살결' 곧 육체와 연결되면서 낙원(樂園)을 완성한다. 독자들은 이 시를 읽으며 우리가 상실한 거창하고 거대한 시절을, 자연과 하나였던 때를 생각할 수 있다. 신비함으로서의 '모나리자'가 궁금한 순간이다.

철 지난 달력을 잡동사니 틈

비집고 걸어놓는다

한 줄 핏줄마다 녹차 찌꺼기

녹아 흐르는 음료수 캔들이

소망의 날을 기다린다

몽쉘통통 거리며 튕겨 나가는

빈 캔들이 철 지난 달력 속에서

잘록한 양철 파편을 튕기며 타들어 간다

날카로운 고철 조각 비틀어 쥔 풀꽃 아래로

한소끔 희망이 나풀나풀 가라앉는다

광폭의 푸른 하늘 품은 미지의 세계에

널브러트린 쓰레기 산더미 위로

사차원색 무지개가

구부정하게 떠오른다

                             —「쓰레기 소각장」 전문

  '쓰레기 소각장'에는 '잡동사니'가 가득하다. 그곳에는 "녹차 찌꺼기"가 있고, "양철 파편"이나 "고철 조각"도 있다. 긴요한 사실은 서정미가 "소망의 날"과 "한소끔 희망"과 "사차원색 무지개"에 집중한다는 점이다. 불안하고 불편한 삶 속에서도 시인은 더 나은 내일을 꿈꾸는 낙관주의를 보여준다. 특히 '한소끔'이라는 부사(副詞)에 유의해야겠다. 한 번 끓어오르는 모양 또는 한 차례 진행되는 모양을 가리키는 한소끔은 작고 소박한 일상의 가치를 결코 포기해서는 안 된다는 강렬한 메시지를 전달하기 때문이다. 처음부터 끝까지 알 수 없는, 예상할 수 없는 "미지의

세계"로서의 삶의 길을 끝까지 걸어봐야 한다는 전언이 담
겨있기 때문이다.

　　눈은

　　추억을 살찌게 하고

　　자신의 기억은 쓸 줄 모른다

　　눈은

　　산봉우리 절경을 드높이고

　　자신은 절명한다

　　눈은

　　흰 눈 덮이지 않은

　　가로수길을 움직이고

　　자신은 안개꽃보다도 작은

　　꽃집에서 산다

　　오늘 눈꽃술 모양의 눈이 소리 없이 한밤에 일어난다

　　자신의 가느다란 턱선이 느낌도 없이

흘러내리는 줄 모르고

세수한다

현관 귀퉁이에 방치된 크리스마스트리 위

어제보다 더 말끔해진 눈꽃술의 눈동자

대롱대롱

매달려 있다

— 「눈」 전문

    서정미는 눈(snow)에 주목한다. 일반적으로 대기 중의
수증기가 찬 기운을 만나 얼어서 땅 위로 떨어지는 얼음의
결정체로서의 '눈'을 만나는 일은 쉽지 않다. 곧 특별한 상
황에서 경험할 수 있는 대상이 눈이다. 시인은 이 시에서
눈의 특별함을 1연~3연에서 다음과 같이 진술한다. 눈은
"추억을 살찌게 하고", "산봉우리 절경을 드높이고", "가
로수 길을 움직"인다. 눈은 그것에 얽힌 '추억'이나 '절경'
또는 '길'을 돋보이도록 돕는다. 동시에 눈은 스스로를 낮
춘다. 곧 눈은 "자신의 기억은 쓸 줄 모르"고, "자신은 절
명"하며, "자신은 안개꽃보다도 작은/ 꽃집에서" 살아간
다. 어쩌면 눈은 시인 자신의 표상(表象)이겠다. 스스로를

낮추고 주위를 환한 빛으로 물들이는 눈을 담은 이 작품은 겸손의 시일 수 있다. "~고"의 반복, "자신"의 반복 그리고 "~없이"의 반복은 이 시의 음악성을 증폭하는 포인트이기도 하다.

담양 죽녹원 아래 여울 가
온천처럼 유황 김 솟는다
머들령 고개에서 시작한
메타세쿼이아 활주로 위
테레사 수녀가 아픈 배를 움켜쥐고 걸어간다
검은 머릿수건으로 치부를 동여매고
현대 산부인과 침대에서
오수의 정체를 허물고 있다

첫 눈송이에 쌓인 허파꽈리가
인도의 빈민촌 위로 떨어져 흩어진다
그녀 맨 몸속을 유영하는 G 선상의 아리아가
메타세쿼이아 잎사귀 위로 흐벅지게 쏟아진다
청청한 죽녹원 뜰을 휘돌아본 눈발이
빈민가 맨발 소년의 움집 속으로 내린다

〈

메타세쿼이아 가로수길 아래에 펼쳐진

갠지스강가 초원에서 헌 옷도 입지 않은

소년이 뛰어다닌다

산부인과 병실 보호자 침대에 누운 소년이

테레사 수녀 우윳빛 목덜미를 응시한다

맑은 햇볕에 그을린 그녀의 살점이, 한국도자기

미역 국그릇 위로

뚝뚝

떨어진다

— 「테레사 수녀 만삭의 몸속」 전문

　　여기에는 '한국'과 '인도(India)'가 있다. "담양 죽녹
원", "머들령 고개", "현대 산부인과", "한국도자기/ 미역
국그릇" 등이 한국을 구성한다면 "인도의 빈민촌", "갠지
스강가", "테레사 수녀" 등은 인도를 형성한다. 이 시에서
'현실'로서의 한국과 '환상'으로서의 인도는 매력적으로
교차한다. 특히 테레사 수녀가 '만삭(滿朔)'에 도달했다는
작품의 설정은 수녀의 임신이라는 불가능을 향한 도전이
자 금기를 깨려는 시도이며 욕망을 회피하지 않는 정직한

태도일 수 있다. 또한 "그녀 맨 몸속을 유영하는 G 선상의
아리아"에 담긴 음악은 오랫동안 기억해야 할 역동적인 아
름다움이다.

썩은 가지를 베어낸 자리에서

푸른 공기 방울이 돋아난다

숨은 옹이 자국이 움트는

오전의 입맞춤으로 서늘하다

제 몸속 붉은 이슬을 응시할 때

나무는 초록빛 산소 방울을 바라보며

둥그렇게 자라고 있다

젖은 머리칼 같은

잎사귀들이 붉은 톱니바퀴로

가득 찬 창공을 헤맨다

포르르 물기 머금은

새순을 기다리는 실뿌리가

그대 부드러운 칼날

아래로 스며든다

— 「나무의 칼」 전문

    독자들은 이 시를 각별한 마음으로 읽어야 할지도 모
르겠다. 서정미가 이번 시집의 핵심을 여기에 묻어두었을
가능성이 크기 때문이다. 시집의 표제작(標題作)인 이 시
를 형성하는 요소들은 크게 3개의 계열로 구분 가능하다.
하나는 '식물' 계열이고 다른 하나는 '공기(물)' 계열이며
또 다른 하나는 '색채(색상)' 계열이다. 식물 계열 요소로
는 '나무', '가지', '옹이', '잎사귀들', '새순', '실뿌리' 등
이 있고, 공기(물) 계열 요소로는 '공기 방울', '이슬', '산
소 방울', '창공', '물기' 등이 있다. 또한 색채(색상) 계열
요소로는 '푸른', '붉은', '초록빛' 등이 있다.　　이들 3개
의 계열은 긴밀하게 소통한다는 점에서 유의미하다. 다채
로운 색채가 공기나 물 또는 식물과 조화를 이루는 대목
은 신선하다. 우리는 이 작품에서 "둥그렇게"와 "부드러
운"에 조금 더 집중해야 할 수도 있겠다. "나무의 칼"은 일
반적인 칼과 다르다. 그것은 날카로움이나 공격성 같은 형
식으로 다가오지 않는다. 나무의 칼은 둥그렇고 부드럽게,

힘들고 지친 이들에게 건네는 따뜻한 한 잔의 차처럼 다가
설 수 있기 때문이다.

9편의 시를 중심으로 서정미의 제2시집을 고찰하였다.
그녀의 시는 금기를 뛰어넘는데 주저하지 않았고 욕망을
정직하게 응시하였다. 시인은 환상을 활용하여 삶의 필연
성을 긍정하고 운명을 사랑하는 태도를 부각하였다.

미국의 작가 나폴레온 힐(Napoleon Hill)에 의하면 "모
든 성취의 출발점은 욕망이다.(The starting point of all
achievement is desire.)" 또한 월트 디즈니(Walt Disney)
에 따르면 "환상과 현실은 자주 겹친다.(Fantasy and
reality often overlap.)" 그리고 헬렌 켈러(Helen Keller)
에 의하면 "낙관주의는 성공으로 이끄는 믿음이다. 희망과
자신감이 없으면 아무것도 이루어질 수 없다.(Optimism
is the faith that leads to achievement. Nothing can be
done without hope and confidence.)"

서정미는 작고 소박한 일상의 가치를 신뢰하고 더 나은
내일을 꿈꾸는 긍정의 태도와 낙관주의를 보여주었다. 그
녀는 스스로를 낮추고 주위를 환한 빛으로 물들이는 겸손
한 사람이다. 우리는 둥글고 부드럽고 따뜻한 나무 같은
시인 서정미를 내내 기억해야겠다.